屈原

不媚俗的楚大夫

Ch'ü Yüan
The Noble Liegeman

繪本

故事◎張瑜珊
繪圖◎灰色獸

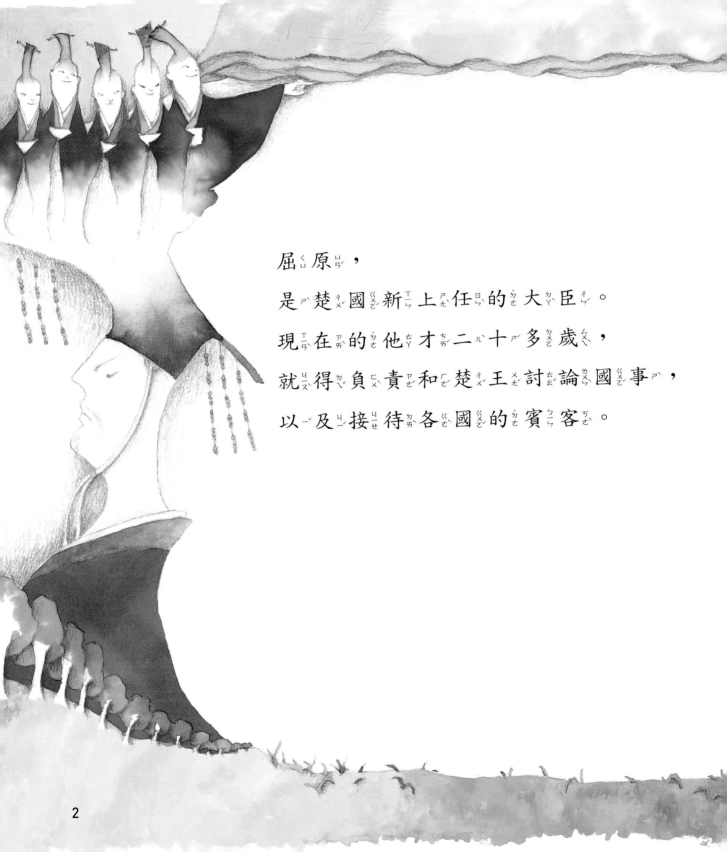

屈原，
是楚國新上任的大臣。
現在的他才二十多歲，
就得負責和楚王討論國事，
以及接待各國的賓客。

2

但是他並不因此洋洋得意，
而是認真對待自己的工作。
他想做得更多、更好，
讓楚國人民開心生活。
這就是他的夢想。

3

「我才不要只會打扮漂亮，
卻什麼也不做呢！」
一次又一次，
他在心裡提醒自己，
千萬別忘記當初的夢想啊！

4

屈原的努力沒有白費。
他成為楚王的好幫手，
還下定決心，
要永遠追隨楚王。

5

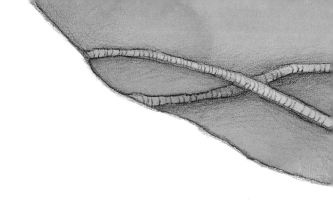

工作的時候，

屈原不像其他大臣總是說些好聽的話，

迷惑楚王。

放假的時候，

他總是喜歡一個人，

走一段好長好遠的路， 登上高山。

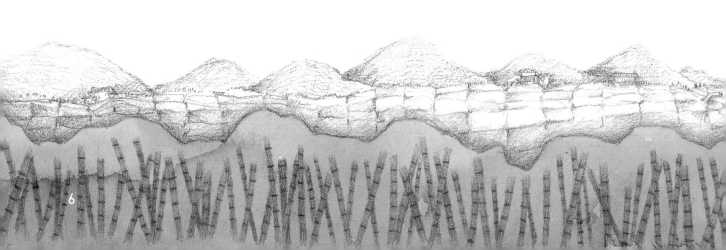

6

他（ㄊㄚ）望（ㄨㄤ）著（ㄓㄜ）楚（ㄔㄨ）國（ㄍㄨㄛ）的（ㄉㄜ）國（ㄍㄨㄛ）界（ㄐㄧㄝ），
認（ㄖㄣ）真（ㄓㄣ）思（ㄙ）考（ㄎㄠ）著（ㄓㄜ）該（ㄍㄞ）如（ㄖㄨ）何（ㄏㄜ）聯（ㄌㄧㄢ）合（ㄏㄜ）齊（ㄑㄧ）國（ㄍㄨㄛ），
一（ㄧ）同（ㄊㄨㄥ）對（ㄉㄨㄟ）抗（ㄎㄤ）秦（ㄑㄧㄣ）國（ㄍㄨㄛ）。

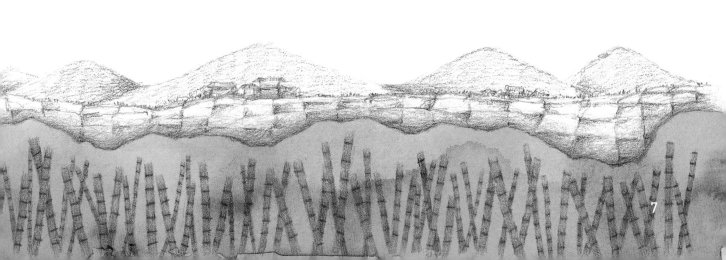

屈原認真執著的態度，
讓楚王身邊的小人非常嫉妒，
恨不得把他趕走。
他們總是說屈原的壞話，
楚王因此不想和屈原來往，
這讓屈原非常傷心。

這一天， 屈原穿戴整齊，
來到楚王面前。
他準備了好多話想說，
還想告訴楚王，

千萬不能相信秦國使者的話，
秦國是想併吞楚國的啊！
楚王只是不耐煩地揮了揮手，
打斷屈原的話，
轉過頭和那些臣子們開心嬉笑。

屈原好傷心。

他非常敬愛楚王，

卻沒辦法為了討他的歡心，

而隱瞞事實，說些花言巧語。

被楚王疏遠的日子裡，
他總是這樣告訴自己：
「我要當一個潔身自愛的君子，
就像那些散發清香的花草一樣。」

最後，楚王下令放逐屈原，
屈原再也回不到楚王的身邊。
樹葉都落下，離開了枝頭，
屈原也像那些樹葉一樣，
被狠狠拋棄，
離開最愛的國家。
屈原失去所有力氣，
一個人坐在草原上。
他覺得好累，
沉沉地睡去⋯⋯

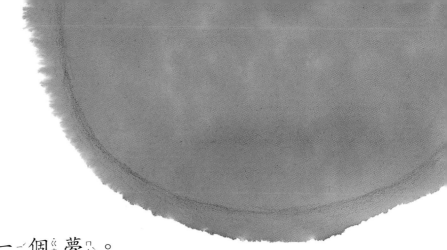

屈原做了一個夢。

夢中的他，

等待著巫師為他占卜，

告訴他未來的路要怎麼走。

巫師只是說：

「你就離開吧！」

屈原醒來後，

想起巫師的話，

卻仍然捨不得離開。

這一天，
屈原來到水邊散心。
他遇見一個漁夫，
漁夫知道他的遭遇，
勸他不要那麼執著，
要跟隨世俗。
但是屈原怎麼肯呢？

屈原覺得好累，

他想永遠離開這裡， 於是跳入江中。

好久好久之後，

汨羅江上只浮起屈原的衣帶。

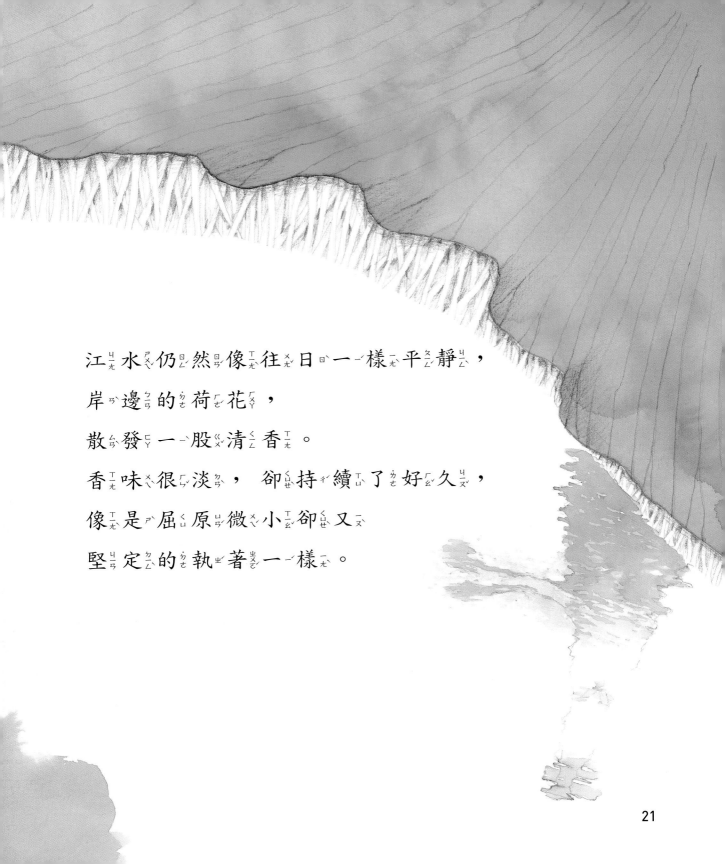

江水仍然像往日一樣平靜，
岸邊的荷花，
散發一股清香。
香味很淡，　卻持續了好久，
像是屈原微小卻又
堅定的執著一樣。

21

屈原
不媚俗的楚大夫

讀本

原著◎屈原
原典改寫◎詹凱婷

詩人屈原是楚國的大臣，能言善道又寫得一手好文章。在他的生命中，有哪些重要的人呢？

屈原（約前340～前278年）是春秋戰國時代的楚國人，又叫屈平，是知名的愛國詩人。他曾深獲楚懷王的信任，卻因為受到小人的陷害，被流放到邊疆，寫出了著名的〈離騷〉。楚國被秦國打敗之後，屈原在五月初五抱著大石頭跳進了汨羅江，悲劇的一生就此畫上了句點。

楚懷王曾經很欣賞屈原，還任命他為三閭大夫。可惜的是楚懷王聽信身邊小人的話，不聽屈原的忠告，最後被秦國扣留，不讓他回到楚國。雖然楚懷王試圖逃跑，但是仍然被秦國派兵追回，最終死在秦國。

屈原

楚懷王

相關的人物

宋玉

靳尚

TOP PHOTO

宋玉（左圖）也是戰國時期的楚國人，比屈原年輕了四十多歲。他非常擅長寫楚辭，後世都認為他是繼屈原之後，最好的楚辭作家，因此兩個人被合稱為「屈宋」。〈九辯〉是他很出名的作品，說的是他自己看到秋天到來，感傷難過的心情。

靳尚是楚國的大臣，也是楚懷王非常信任的下屬。靳尚非常討厭屈原，總是在楚懷王面前說屈原的壞話。他總是跟楚王這麼說：「屈原覺得自己很了不起，認為要是沒有他，楚王就什麼也做不好。」楚王因此討厭屈原。

伯庸

根據屈原的自我介紹，伯庸是他的父親。雖然他們家是已經沒落的貴族，但是他的父親還是非常重視屈原的教育。

漁夫

屈原被放逐到邊疆之後，非常傷心難過。他在江邊散步時，遇到一個划船的漁夫。漁夫告訴他，人要懂得順應時勢，不要太過固執。只是屈原仍然非常堅持自己的做法，漁夫只好默默離去。

巫師

〈離騷〉寫的都是屈原難過的心情。其中還包括了屈原等待好久，終於等到男巫女巫前來的情景。他們從天而降，穿著非常漂亮的衣服，捧著鮮花和祭品，還為屈原卜卦，告訴他該做些什麼。圖為〈人物龍鳳〉，是由湖南長沙陳家大山楚墓出土的戰國帛畫。從畫中可看到戰國時期楚國的民間信仰。

屈原曾經意氣風發，也曾因受到陷害而失落，他的一生經歷了什麼樣的關鍵時刻？

約前 340 年

屈原出生於楚國秭歸的貴族家庭，是楚國的三大姓氏之一，祖先們幾乎都當過楚國的大臣。屈原的父親叫做伯庸，非常重視他的教育。此時正處於戰國時期，諸侯各自為政，並且互相結合、攻打對方。楚國在戰國初期的勢力很強，管轄的地域包括現今的湖北、湖南等地。

出生

相關的時間

約前 319 年

楚懷王很賞識屈原，任命他為左徒。現今無法確定左徒到底做了什麼工作，但是根據《史記》的說法，屈原的任務就是要與楚王一同討論國事，並且接待外國賓客。

任命左徒

約前 313 年

秦國派使者張儀到楚國，想說服楚懷王一起合作。屈原極力勸告楚王不可信任秦國，只是楚王不聽，還非常生氣，命令屈原不能參加討論政事。

秦國派使

約前 312 年

楚王重新召回屈原，並且命令他拜訪齊國。

出使齊國

三閭大夫

約前 310 年
楚王任命屈原為三閭大夫，負責掌管祭祀工作。後世因此以「三閭大夫」稱呼屈原。

TOP PHOTO

寫下離騷

約前 302 年
屈原因為楚王的疏遠而心生難過，寫下〈離騷〉。〈離騷〉中滿是他的失望，還有對國家的憂心。

流放江南

約前 296 年
屈原被除去三閭大夫的官位，並且被流放到江南，再也無法回到朝廷。上圖為傅抱石所繪的〈屈子行吟圖〉。

投江自殺

約前 278 年
屈原投汨羅江之後，雖然楚國人民馬上趕到江邊救他，卻為時已晚。從此人們只能在汨羅江邊紀念這位善良正直的愛國詩人。

秦國滅楚

前 223 年
秦王政在前 224 年便派將領王翦進攻楚國，一年之後再度出兵，並俘虜楚王，楚國滅亡。

屈原留給後世的，除了〈離騷〉之外，還有什麼呢？
他所在的戰國時期，又有什麼特殊的文化與生活？

《楚辭》是戰國時期楚地的詩歌，特色就是融合民歌與傳說，充滿浪漫氣息，主要代表作家是屈原和宋玉。漢朝的劉向將這些作品編成《楚辭》，另一位漢朝文學家王逸則是又加入了漢朝作家的作品，成為《楚辭章句》。

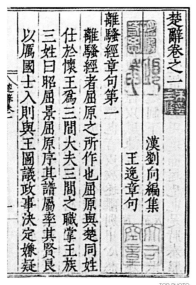

楚辭

相關的事物

蘭草

屈原討厭髒亂，認為身為君子就應該整齊清潔，就像是散發著香氣的花草一樣。他嘗著木蘭花上的露水，把蘭草別在衣服上，讓自己看起來乾淨清新。對他而言，散發著自然香氣的花草才是君子的代表。

占卜

屈原被其他臣子討厭，還被楚懷王放逐，實在不知道該怎麼辦。他想占卜，問問天神，未來的路要走向哪裡。他看著巫師拿著茅草當成占卜的器具，希望占卜出的結果可以給他一個答案。

音樂

音樂是中國文化中重要的禮儀，而楚國音樂中最出名的，就是用青銅器製成的編鐘。編鐘是由許多的鐘組成，像是在湖北挖掘出的楚國大型編鐘（右圖），就有六十多件。

TOP PHOTO

端午節

屈原投江之後，楚國人民為了怕魚蝦吃掉屈原，便把米飯包在樹葉或竹筒內，丟入水中餵魚蝦。從此之後，在農曆五月五日屈原投江的這一天，人們便以包粽子與划龍舟，來紀念屈原，而這個活動後來也演變成端午節（古人把每年的農曆五月初五稱為「端午」）。右圖為〈蘇州桃花塢木版古年畫：瑞陽喜慶〉，描繪了端午節划龍舟的傳統。

TOP PHOTO

龍舟

屈原投江之後，敬愛他的楚國人民都紛紛趕來救他。他們乘著船在江上敲鑼打鼓，想嚇退魚蝦，可惜已經來不及。但是人們永遠記得屈原，為了紀念他，每年的端午節都會划龍舟，最後演變成一項競賽。

像屈原這樣正直的大臣、浪漫的詩人去過什麼地方？
到這些地方走走，也許我們還能聞到他留下的香氣。

屈原出生於湖北秭歸，秭歸位於湖北的西部，又處長江西陵峽畔，景色非常壯麗，現在的秭歸成為尋訪屈原足跡的熱門景點。

秭歸

相關的地方

屈原廟

屈原廟位於秭歸的香爐坪，這是屈原的出生地。據說這座廟是屈原昔日的住宅，原本叫做女須廟，後因祭祀屈原而改名。

TOP PHOTO

讀書洞

據說響鼓溪畔的「讀書洞」是屈原讀書的地方，裡面還放了石桌和石椅，後來人們便在洞口處立了一個刻有「讀書洞」的石碑。後代重建了「屈原祠」，還特別保留一個讀書洞，讓我們想像他認真閱讀的樣子。

TOP PHOTO

溆浦

屈原離開楚國，渡過長江，走了一段好遠的路才到了溆浦，在這片美麗的山水中，寫下表達心中哀愁的詩篇。

汨羅江

汨羅江這麼長，何處才是屈原投江的地方？據說他投江處是「河泊潭」，因此每年的端午節，人民都會在此投放粽子並舉行龍舟賽，以紀念屈原。

屈原祠

屈原投江後，雖然當地居民們奮力地想搶救他，卻為時已晚。這種對於屈原的感念深深地影響了後人，為了讓屈原的故事永遠流傳，便在秭歸的鳳凰山興建了規模龐大的屈原祠。

走進
原典的
世界

原典

離騷 一 （節選）

紛[1]吾既有此內美[2]兮，

又重之以修能[3]；

扈[4]江離與辟芷兮，

紉[5]秋蘭以為佩[6]；

汨[7]余若[8]將不及兮，

1. 紛：眾多
2. 內美：內涵
3. 能：才能
4. 扈：披掛
5. 紉：貫穿編結
6. 佩：佩帶
7. 汨：疾行
8. 若：好像

恐年歲之不吾與[9]；
朝搴[10]阰[11]之木蘭兮，
夕攬[12]洲之宿莽；
日月忽[13]其不淹[14]兮，
春與秋其代[15]序；
惟草木之零落兮，
恐美人之遲暮[16]。

9. 與：等待
10. 搴：拔取
11. 阰：山
12. 攬：摘採
13. 忽：迅速
14. 淹：停留
15. 代：更替
16. 美人遲暮：比喻年華老去

換個方式讀讀看

「姐姐，你說故事給我聽嘛！」屈原從小就養成愛乾淨的好習慣，每天早上起床的第一件事，就是要姐姐屈須幫他洗臉、梳頭。而姐姐總是一邊耐心幫他梳洗，一邊生動地說著有關美德的故事；屈原也總是聽得津津有味，小小年紀就明白：做人除了外表要保持乾淨外，內心的純淨與善良更是重要。

雖然屈原誕生在家道中落的貴族家庭裡，但是父親對他的教育十分嚴格，不斷告誡他，身為一個讀書人，修養品格最為重要；此外，要想報效國家，就要把書讀好，把口才練好，在朝廷才能擔當重任。國家的興盛就靠你了。

志向是一個人奮鬥的目標。沒有立定志向，人生將是隨波逐流，渾渾噩噩，既沒有上進的動力，也缺乏克服困難的勇氣。

《離騷》裡，屈原說他內在擁有眾多的美德，同時外在又具備了卓越的才能。

身披著香草江離和優雅的白芷啊，還編結秋蘭作為佩帶，愈顯芬芳、

馥郁。

　但歲月飛快流逝，時不我待，所以早晨我在山坡採集木蘭，到了傍晚，又採來即使冬天也不枯萎的香草。

　日月不停留啊，春去秋來，循序更替。

　屈原認為花草佩飾是品德的象徵，修身養性是一個讀書人的基本功。如果一個人沒有良好的品德，很容易見利忘義，為非作歹；結果不但害人害己，嚴重的程度甚至危害到國家的存亡。所以沒有品德的人，就算有高深的學問也是枉然，因為這樣的人做出壞事來，每每更嚴重且更難防範。

　時光匆匆而過，不為任何人停留，也沒有倒轉的機會，所以屈原告訴自己要時時刻刻修養品性，常常反省自己：有沒有私心慾念？做事情有沒有考慮到百姓的福祉？有沒有明辨是非善惡？看事情有沒有遠見？縱然遇到困難，有沒有堅持到底？

原典

離ㄌㄧˊ騷ㄙㄠ 二ㄦˋ（節ㄐㄧㄝˊ選ㄒㄩㄢˇ）

朝ㄓㄠ飲ㄧㄣˇ木ㄇㄨˋ蘭ㄌㄢˊ之ㄓ墜ㄓㄨㄟˋ露ㄌㄨˋ[1]兮ㄒㄧ，

夕ㄒㄧ餐ㄘㄢ[2]秋ㄑㄧㄡ菊ㄐㄩˊ之ㄓ落ㄌㄨㄛˋ英ㄧㄥ[3]；

苟ㄍㄡˇ余ㄩˊ情ㄑㄧㄥˊ其ㄑㄧˊ信ㄒㄧㄣˋ[4]姱ㄎㄨㄚ[5]以ㄧˇ練ㄌㄧㄢˋ要ㄧㄠ[6]兮ㄒㄧ，

長ㄔㄤˊ顑ㄎㄢˇ頷ㄏㄢˋ[7]亦ㄧˋ何ㄏㄜˊ傷ㄕㄤ；

攬ㄌㄢˇ[8]木ㄇㄨˋ根ㄍㄣ以ㄧˇ茝ㄓˇ兮ㄒㄧ，

1. 露：露水
2. 餐：食用
3. 英：花
4. 信：確實
5. 姱：美好
6. 練要：簡要
7. 顑頷：面黃肌瘦
8. 攬：握持

貫[9]薜荔之落蕊[10]；

矯[11]菌桂以紉[12]蕙兮，

索[13]胡繩之纚纚[14]；

謇吾法[15]夫前修[16]兮，

非世俗之所服[17]；

雖不周於今之人兮，

願依彭咸[18]之遺則[19]。

9. 貫：貫穿
10. 蕊：花心
11. 矯：搬直
12. 紉：貫穿編結
13. 索：搓繩
14. 纚纚：扭結纏繞
15. 法：效法
16. 前修：前代賢人
17. 服：服飾
18. 彭咸：殷商的賢臣
19. 遺則：餘留的法制典範

換個方式讀讀看

　　儘管屈原長年被放逐在外，走著艱難曲折的道路，過著貧病交加的生活，憔悴不已；但是饑餓憔悴都不足以讓屈原屈服，他仍然深情地望著郢都的方向：念著君王，念著百姓，念著國家。

　　讓楚國成為一個富強康樂的國家，甚至最後統一中國，好結束戰國時代那種動盪不安、顛沛流離的時局，是屈原畢生的理想；而這個理想要實現，首先要取得君王的支持，所以屈原列舉中國歷代盛強的明君和亡國的昏君，期望楚王一方面能見賢思齊，另一方面能引以為戒。

　　此外，屈原還提出了政治革新的主張：只要是能治理國家的賢者，就不應該區分出身的貴賤；只要是經過深思熟慮所制定的完善法律，就應該徹底執行。這些主張雖然有助於國家的富強康樂，卻不利於強調貴族特權的世襲制度的維持；勢不兩立的局面，讓屈原飽受權貴們的無情迫害；更不幸的是，君王偏偏聽信讒言，改革的理想終究陷入停擺，屈原

也落得只能遙望皇天。但是，他絲毫不覺氣餒。

　一個人為求得美好而專一的情操，

　即使早晨喝的是木蘭花的清露啊，

　晚上吃的是秋菊的殘瓣啊，

　長久的饑餓憔悴又算得了什麼。

　而且還要用樹木的細根來編香草，串起薜荔的花蕊；

　再用肉桂的枝條將它們連結在一起，

　以蔓草搓成的繩索垂掛。

　因為他要效法歷代的賢人啊，絕不做流俗的打扮。

　「我讀了那麼多的書，了解那麼多聖賢的偉大事蹟，明白歷代以來各國存亡興衰的道理；如果我不能效法前人堅持做對的事，而迎合世俗，那又何必忍受長期的困頓、辛苦奮鬥呢？」

原典

離騷 三（節選）

余以蘭為可恃[1]兮，
羌無實[2]而容[3]長；
委[4]厥美以從俗[5]兮，
苟得列[6]乎眾芳；
椒專佞[7]以慢慆[8]兮，
樧又欲充[9]夫佩幃[10]；

1. 恃：依靠
2. 無實：沒有內涵
3. 容：容貌
4. 委：拋棄
5. 從俗：跟從世俗

6. 列：並列
7. 專佞：專橫巴結
8. 慢慆：傲慢放蕩
9. 充：冒充
10. 佩幃：香包

既干進[11]而務入[12]兮，

又何芳[13]之能祇[14]；

固[15]時俗之流從[16]兮，

又孰能無變化；

覽[17]椒蘭其若茲兮，

又況[18]揭車與江離。

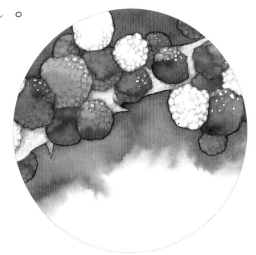

11. 干進：鑽營巴結
12. 務入：意同干進
13. 芳：高貴情操
14. 祇：尊敬
15. 固：本來
16. 流從：隨波逐流
17. 覽：看著
18. 況：何況

換個方式讀讀看

　　楚懷王不信任屈原的忠心與遠見，只聽信小人的讒言，導致最後連寶貴的性命都喪失了。但是，繼任的楚頃襄王，也沒懲罰這批人，反倒更重用起他們。更令屈原痛心的是，連他用心栽培的人才也一一變節，而形成反對他的強大勢力！

　　屈原想起古人說的「上行下效」這句成語，它說在上位者所喜好的事物，下面的追隨者也會跟著熱中起來，而不管是對還是錯。處在這樣的情境裡，卻沒有人捫心自問，這個社會就是生病了！而單靠屈原一個人，怎麼挽回頹勢呢？屈原能不感嘆嗎？

　　本以為幽蘭可以信賴啊，誰知它也只是空有一副表象。

　　它拋棄了自己獨特的美，追隨世俗啊，只求苟且，學習起野花野草的行為。

所以芳椒變得專橫阿諛又狂傲啊，樧子也想冒充香料混進香囊。

一心只求受到青睞而竭力鑽營啊，哪會看重自己高貴的情操？

世俗原本就有隨波逐流之勢啊，誰能擋得住風潮，不受影響？

你看芳椒、幽蘭不就是這樣啊，更不用說揭車、江離之類尋常的香草了！

〈離騷〉是屈原的代表作品，也是我國文學史上最長的抒情詩，完成於屈原被放逐期間。那時屈原的人生已經過了大半，空有滿腔熱血卻沒有報國的途徑；心愛的楚國也一步步陷入滅亡的逆境中。過去已經遙不可及，未來又充滿危機，縱然屈原內心有無限的感慨，但是又能如何呢？寫吧！把內心的深沉與悲痛都訴諸文字，觸動人們的心靈吧！

原典

九歌一・東皇太一

（節選）

吉日兮辰良[1]，穆[2]將愉[3]兮上皇[4]。

撫[5]長劍兮玉珥[6]，

璆鏘[7]鳴兮琳琅[8]。

瑤席[9]兮玉瑱[10]，

盍[11]將把[12]兮瓊芳[13]。

1. 辰良：即良辰，好日子
2. 穆：恭敬肅穆
3. 愉：娛樂
4. 上皇：東皇太一
5. 撫：握持
6. 玉珥：劍把
7. 璆鏘：玉碰撞的聲音
8. 琳琅：美玉
9. 瑤席：華美的座席
10. 玉瑱：壓住座席的玉器
11. 盍：何不
12. 把：持
13. 瓊芳：花草

蕙肴[14]蒸兮蘭藉[15]，奠[16]桂酒兮椒漿。

揚[17]枹[18]兮拊[19]鼓，△ △ △ 兮 △ △[20]，

疏緩[21]節兮安歌，陳[22]竽瑟兮浩倡[23]。

靈[24]偃蹇[25]兮姣[26]服，芳菲菲[27]兮滿[28]堂。

五音紛[29]兮繁會[30]，君欣欣[31]兮樂康[32]。

14. 肴：熟肉
15. 蘭藉：蘭草編的墊子
16. 奠：獻上祭品
17. 揚：舉起
18. 枹：鼓槌
19. 拊：擊打
20. 此處自古便缺漏了一句

21. 疏緩：緩慢唱著
22. 陳：陳列
23. 浩倡：音樂聲壯觀
24. 靈：巫師
25. 偃蹇：跳舞
26. 姣：美好
27. 菲菲：氣味芳香

28. 滿：充滿
29. 紛：眾多
30. 繁會：錯雜交會
31. 欣欣：開心
32. 樂康：快樂安康

換個方式讀讀看

　　〈九歌〉原本是楚國民間流傳已久的古代樂曲，有一套完整祭祀鬼神的歌詞。因為在楚國南方沅湘一帶，相信鬼神的風俗十分盛行，為了娛樂鬼神，民間祭祀時一定會演奏樂器、表演歌舞；只是詞句欠缺文雅。不過，這個美中不足的地方，後來被降為管理宗廟祭祀的三閭大夫屈原所彌補。經過屈原的潤飾、美化，〈九歌〉充滿了浪漫的色彩與感人的力量，呈現在我們的眼前。

　　要祭祀、取悅玄天上帝，我們必須選一個吉日良辰，而且以莊重敬肅的心情來進行。

　　首先找一人扮成威儀的神靈，當時稱這扮神的人叫做「尸」；然後祭祀的巫師開始唱著：「神明呀！當祢用手握著鑲有玉飾的劍把時，形象是如此莊嚴；而祢身上佩掛的漂亮玉飾這麼多，走起路來叮噹作響，清脆的聲音彷彿樂器發出一般。」

祭壇裡，用瑤草編成的座席上有玉製的席鎮壓著，廳堂中擺上一束一束的鮮花。蕙草包裹著烹熟大魚大肉，下面墊著蘭草，而且獻上一杯杯用桂花、芳椒泡漬的酒，好進行灑酒的儀式。

終於布置好了，接著是舉起鼓槌敲打著鼓，節奏是緩慢的，伴隨的歌聲是輕柔的；再把「竽」和「瑟」兩種樂器擺設出來，大家都開口一齊唱著。巫女翩然跳起降神的舞來，身上的美麗衣裳也跟著閃耀，還可以聞到滿屋子香草的濃郁芳香。

在這各個曲調的音樂紛揚交會的熱鬧光景中，神明啊！祢和虔誠的人們同樂，一定是歡喜安康的吧！

人生存在這天地之間，雖說是「萬物之靈」，仍應該抱持謙卑、尊重的心，和天地萬物和諧共處才是。

原典

九歌二·湘夫人（節選）

聞佳人[1]兮召予[2]，
將騰駕[3]兮偕逝[4]。
築室兮水中，葺[5]之兮荷蓋[6]；
蓀壁兮紫壇，
播[7]芳椒兮成堂[8]；

1. 佳人：湘夫人
2. 召予：召喚我
3. 騰駕：駕車奔馳
4. 偕逝：一同前往
5. 葺：修築
6. 蓋：屋頂
7. 播：布置、散播
8. 成堂：滿廳堂

桂棟[9]兮蘭橑[10]，辛夷楣[11]兮藥房；

罔[12]薜荔兮為帷[13]，擗[14]蕙櫋兮既張；

白玉兮為鎮[15]，疏[16]石蘭兮為芳；

芷葺[17]兮荷屋，繚[18]之兮杜衡。

合[19]百草兮實庭，建芳馨兮廡[20]門。

9. 棟：屋中的梁柱
10. 橑：屋上木材
11. 楣：門上橫梁
12. 罔：編結
13. 帷：帷帳
14. 擗：用手分開
15. 鎮：鎮東西的工具
16. 疏：陳設
17. 葺：修築
18. 繚：纏繞
19. 合：聚集
20. 廡：門廊

換個方式讀讀看

　　屈原的作品裡有一首關於愛情的詩歌──〈湘夫人〉，描述男子期待與女子的約會，背後是一則美麗的傳說。

　　在三皇五帝時代，舜是堯的接班人，他通過了堯長達二十年的考察，還娶了堯的兩個女兒娥皇和女英。舜有一次外出巡行時生了重病，等不及兩位妻子趕到就過世了；她們在傷心哭泣之餘選擇投江殉夫，後來化作女神，就成了楚國一帶人們耳熟能詳的神話。

　　湘江的這對戀人神是湘君和湘夫人，古帝舜就是湘君。祭神時，需要一男一女來扮演湘君與湘夫人，一段動人的愛情就這樣鋪陳開來……

　　湘君到處尋找湘夫人的芳蹤。因為冥冥當中，祂好像聽到湘夫人在召喚著。湘君要趕快駕著車去和祂同行。

　　祂要在水中央建一棟房屋，屋頂用荷葉蓋著。牆壁用蓀草裝飾，高台用紫貝殼砌成，整個廳堂因為撒滿芳椒而花香四溢；棟梁是桂木做的，屋椽是木蘭造的，門框是辛夷裝飾的，臥房是白芷點綴的。用薜荔編成

的帷幕已懸掛，分開蕙草做成的隔扇也已陳設；還要選用白玉做成席鎮，然後布滿石蘭花讓花香充滿屋內。接著，蓋有荷葉的屋頂得用芷草修飾；完成之後，還要用一些馬蹄香在屋外環繞一圈。庭院裡蒐集各式各樣的花草啊，連築好的門廊也芬芳馥郁。

　　湘君對湘夫人懷著誠摯的深情，有著攜手幸福過一生的願望，不然祂不會如此細心用各種香草裝飾整個房子。環顧屋裡與屋外，不管是器具或擺設，讓我們深深感受到湘君對於愛情的堅貞。

　　偏偏湘君所有的等候與盼望，所有的布置與夢想，瞬間都成了不切實際的鏡花水月，只因為湘夫人最後沒出現。

　　男女水神的愛情悲劇是〈湘夫人〉表面的呈現，實際上投射的是屈原自己不為楚王所識。人生不過短短數十寒暑，過度執著，往往會引發各種負面的情緒，如憂傷、失望、焦慮等；細細品味這首詩歌，心情或許可以得到紓解。

原典

九歌三・山鬼（節選）

若有人兮山之阿，
被薜荔兮帶女蘿。
既含睇兮又宜笑，
子慕予兮善窈窕。
乘赤豹兮從文狸，
辛夷車兮結桂旗。

1.有人：山鬼
2.阿：彎曲險阻之地
3.被：披掛
4.睇：注視
5.宜笑：笑起來很好看

6.子：山鬼
7.慕：羨慕
8.窈窕：美好
9.從：跟著

被ㄆㄧ石ㄕˊ蘭ㄌㄢ兮ㄒㄧ帶ㄉㄞˋ杜ㄉㄨˋ衡ㄏㄥˊ，

折ㄓㄜˊ芳ㄈㄤ馨ㄒㄧㄣ兮ㄒㄧ遺ㄨㄟˋ[10]所ㄙㄨㄛˇ思ㄙ[11]。

余ㄩˊ處ㄔㄨˇ幽ㄧㄡ篁ㄏㄨㄤˊ[12]兮ㄒㄧ終ㄓㄨㄥ不ㄅㄨˋ見ㄐㄧㄢˋ天ㄊㄧㄢ，

路ㄌㄨˋ險ㄒㄧㄢˇ難ㄋㄢˊ兮ㄒㄧ獨ㄉㄨˊ後ㄏㄡˋ來ㄌㄞˊ[13]。

表ㄅㄧㄠˇ[14]獨ㄉㄨˊ立ㄌㄧˋ兮ㄒㄧ山ㄕㄢ之ㄓ上ㄕㄤˋ，

雲ㄩㄣˊ容ㄖㄨㄥˊ容ㄖㄨㄥˊ[15]兮ㄒㄧ而ㄦˊ在ㄗㄞˋ下ㄒㄧㄚˋ。

10. 遺：贈送
11. 所思：所思念的人
12. 幽篁：幽深的竹叢
13. 後來：來遲
14. 表：突出

15. 容容：雲流動

換個方式讀讀看

　　古時候的人們特別敬畏鬼神，祭祀的禮俗也因被祭祀的對象不同而有分別。那時候的楚國人所敬奉的女山神稱為「山鬼」；按當時的祭祀禮俗，需要女巫打扮成山鬼的模樣，到山裡請祂附身，才能達到祈福保佑的目的。所以這首詩就是透過女巫來描述山鬼的樣貌，並表現出人們迎神的虔誠與祈求獲得神靈保佑的渴望。

　　放眼望去，好像有一個女巫興匆匆地走在山坳上，打扮成山鬼的模樣：身上披著薜荔做成的衣裳，腰間綁著女蘿藤蔓編成的腰帶。脈脈深情盡在她那顧盼自如的眼波裡，脣紅齒白讓她的笑臉更加親切迷人。女巫用活潑的語氣說：「看我打扮得這麼美麗，山鬼啊！祢一定十分羨慕吧！」她正努力散發魅力，到處尋找山鬼的蹤影，好吸引山鬼來附身。

　　有著黑色斑紋的紅毛豹子被她駕馭著，所坐的車子則是辛夷木做成的，還綁上桂枝做成的旗子，毛色斑紋鮮豔的狸貓則是蹲在她身旁，看

起來非常醒目。她一路上採集蘭花和香草，分別披在身上與綁在腰上，就是為了精心打扮自己；手上還不忘拈鮮花，那是要送給山鬼的禮物。

　　然而，一場意外讓女巫的情緒從欣喜的雲端，轉眼間掉落至失望的深淵──那就是，她不但迷路在竹林的陰暗處，還因為山勢高聳、路況艱險而來晚了！錯過了時辰，迎接不到山鬼，令她十分自責、煩惱；不過，就算只有一線希望也不能輕易放棄，所以她轉身積極在山林裡四處尋覓。

　　她獨自一人爬上了山頂，卻只看到茫茫的雲海不斷地在腳邊飄浮著……

　　為了想得到山神的賜福保佑，人們祭祀祂；字裡行間，表面上說的是女巫尋找山神時的所見所感，實際上傳達的是人們希望獲得幸福安康的共同願望。

原典

天問 一 （節選）

日：遂古之初，誰傳道[1]之？

上下未形，何由考[2]之？

冥[3]昭[4]瞢暗[5]，誰能極之？

馮翼惟象[6]，何以識[7]之？

1. 傳道：傳遞告訴
2. 考：考察
3. 冥：黑暗
4. 昭：明亮
5. 瞢暗：晦暗不明
6. 惟象：無形
7. 識：辨別

明明暗暗，惟時何為？

陰陽三合[8]，何本[9]何化[10]？

圜[11]則九重，孰營度[12]之？

惟茲何功，孰[13]初作之？

8. 三合：相合　　12. 營度：測量
9. 本：根源　　　13. 孰：誰
10. 化：變化
11. 圜：天體

換個方式讀讀看

　　在古代，不論是私塾或書院，所傳授的知識都是偏向人倫義理的，那是因為中國的學術主流是儒家，而儒家思想重視的是品格的修養，他們強調良好的品格是讀書人應具備的基本要件；長期的重人事輕物理，不研究自然，因此科學知識尚未啟發。

　　〈天問〉也就是「問天」。在遭受放逐的歲月裡，屈原一方面憂心楚國的命運與百姓的疾苦，另一方面哀嘆自己的有志難伸；在感慨萬千之際，他對上天一連提出了一百七十二個問題，寫成的〈天問〉共一千五百多字，是屈原除了〈離騷〉以外的另一首優秀的長詩。從古到今，從天到地，舉凡天文、地理、神話傳說到歷代的政治興衰，沒有一個不包括在內，內容之廣泛，可以說是包羅萬象。

　　請問：關於那遠古開始的種種，到底是誰把這情況給傳述下來的呢？

　　天地在那時候都還沒形成，要依據什麼來考察它呢？

明亮昏暗是混沌一片，無法分辨；誰能追根究柢找出原因呢？

元氣充滿著整個宇宙間，沒有具體的輪廓，只有想像中的樣子，這要如何分辨清楚呢？

白天是一片光明，夜晚則無處不籠罩在黑暗之中，為什麼會這樣呢？

陰陽和大自然三者的結合，產生了宇宙間的萬物，那麼誰是根本源頭？誰又是演化而來的呢？

天有九層，是多麼高啊！究竟是誰做的量度呢？

這是多麼偉大的工程啊！到底又是誰開始建築的呢？

從〈天問〉的詩句裡，我們對於屈原有了新的認識──那就是他竟然擁有高度的科學素養。只有科學知識的吸收不足以造就科學素養，因為它是一種積極客觀的生活態度，必須學著對生活瑣事充滿好奇並進而分析，也要對宇宙萬物懷著敬意。

原典

天問二（節選）

天命反側[1]，何罰[2]何佑[3]？

齊桓九會[4]，卒然[5]身殺。

彼王紂之躬[6]，孰[7]使亂惑[8]？

何惡[9]輔弼[10]，讒諂[11]是服[12]？

1.反側：反覆無常

2.罰：懲罰

3.佑：保佑

4.會：會見

5.卒然：最後

6.躬：本人

7.孰：誰

8.亂惑：迷惑

9.惡：討厭

10.輔弼：輔佐的臣子

11.讒諂：陷害

12.服：任用

比ㄅㄧˇ干ㄍㄢ何ㄏㄜˊ逆ㄋㄧˋ[13]，而ㄦˊ抑ㄧˋ沉ㄔㄣˊ[14]之ㄓ？

雷ㄌㄟˊ開ㄎㄞ何ㄏㄜˊ順ㄕㄨㄣˋ[15]，而ㄦˊ賜ㄙˋ封ㄈㄥ之ㄓ？

何ㄏㄜˊ[16]聖ㄕㄥˋ人ㄖㄣˊ之ㄓ一ㄧ德ㄉㄜˊ[17]，卒ㄗㄨˊ[18]其ㄑㄧˊ異ㄧˋ方ㄈㄤ[19]。

梅ㄇㄟˊ伯ㄅㄛˊ受ㄕㄡˋ醢ㄏㄞˇ，箕ㄐㄧ子ㄗˇ佯ㄧㄤˊ狂ㄎㄨㄤˊ。

13. 逆：違背
14. 抑沉：打擊
15. 順：順從
16. 何：為何
17. 一德：同樣的品德
18. 卒：最後

19. 異方：不同的結局

換個方式讀讀看

　　楚國的先王之廟與公卿祠堂位於江南，屈原因為第二次被放逐而到過這裡；當他看見牆壁上的許多圖像，內容都是天地山川神靈與古聖先賢等的特殊事蹟，一時感觸良多，於是將內心的種種疑問化為文字，寫在牆壁上──一首不朽的長詩〈天問〉就這樣誕生了。

　　天命是如此地反覆無常啊！它到底會懲罰誰呢？

　　誰又會得到它的保佑呢？

　　齊國的桓公九次召集諸侯會盟，完成統一的霸業，是多麼傲人的成就；後來卻因為任用奸臣而造成內亂，最後受困宮中，遭到因饑渴而死的悲慘下場。

　　殷商紂王是帝王之尊，是誰使他變得這樣糊塗昏庸而胡作非為？

　　為什麼這麼討厭輔佐他的忠臣，卻喜歡聽信說壞話害人，與奉承拍馬屁的小人？

紂王的叔父比干受到紂王的壓制與埋沒，難道他有什麼觸犯紂王的地方嗎？

　　紂王的奸臣雷開得到紂王的賞賜封地，就只因為他習慣對紂王阿諛順從嗎？

　　為什麼聖人有相同的品德，他們最後的結局卻不一樣？

　　〈天問〉全篇以問句的形式寫成，屈原用理性去探討不同的事物，問得俐落而不重複，但是沒有給答案。不論是對宇宙的探索求知精神、思想的博大精深、文學的高深造詣或對政治的精闢見解，都完整呈現在〈天問〉裡；想了解屈原，〈天問〉會是一把入門的鑰匙。

　　屈原擁有淵博的學識、豐富的想像力與真摯的情感；儘管仕途不順令人惋惜，卻也正因為如此，他才有強烈的寫作動機，寫出來的作品才能震古鑠今，彷彿是文學的星空中最耀眼的一顆，永遠吸引大家的目光。

原典

漁父（節選）

屈原曰：「舉世皆濁[1]我獨清，眾人皆醉我獨醒，是以見放[2]。」

漁父曰：「聖人不凝滯[3]於物，而能與世推移[4]。……何故深思[5]高舉[6]，自令放為？」屈原曰：「吾聞之，新沐者必彈冠[7]，新浴者必振衣[8]；安能以身之察

1. 濁：汙濁、汙染
2. 見放：被放逐
3. 凝滯：執著
4. 推移：變換
5. 深思：憂國憂民
6. 高舉：高出於世俗
7. 彈冠：彈去帽上的灰塵
8. 振衣：整理衣服

察[9]，受物之汶汶[10]者乎？寧赴湘流，葬於江魚之腹中；安能以皓皓[11]之白，而蒙世俗之塵埃乎？」

漁父莞爾而笑，歌曰：「滄浪之水清兮，可以濯[12]吾纓[13]；滄浪之水濁兮，可以濯吾足。」遂去，不復[14]與言。

9. 察察：潔淨
10. 汶汶：汙染
11. 皓皓：潔白
12. 濯：清洗
13. 纓：繫帽的帶子
14. 不復：不再

換個方式讀讀看

　　只因為國君的昏庸不辨忠奸，只因為個性耿直得罪權貴，從此滿懷忠忱卻不被信任，滿腦遠見卻不被採納，滿腹經綸卻不被重用，還落得長期被放逐的下場──試問：遇到這種遭遇，誰不氣憤？誰不是寢食難安呢？屈原就是因為這樣才日益消沉憔悴。

　　有一天，他來到了江潭，漫無目的地在水邊徘徊吟嘆，不但面黃肌瘦，神情還十分憂鬱。

　　有名漁翁看到了，就問他說：「您不就是那三閭大夫屈原嗎？您為什麼淪落到這個地步、成了這種狼狽的模樣呢？」

　　屈原回答說：「世人個個都被汙染了，只有我保持純淨；世人個個都醉了，只有我一個人清醒著，就這樣我被放逐到這裡。」

　　漁翁聽完就勸他說：「從古時候到現代的聖人都一樣，他們是不會拘泥於任何事物的，並且能隨著時勢變遷做好應變的工夫；您為什麼遇到事情要想這麼多，個性要這樣孤傲，行為高於世俗，而讓自己遭到被放逐的命運呢？」

屈原回答：「我聽說：剛洗好頭的人會彈去帽子上面的灰塵，剛洗好澡的人要抖抖衣服拉直後再穿上；怎麼能讓乾乾淨淨的身體，受到外在事物的汙染呢？我寧願跳入滾滾的湘江裡，選擇江中的魚腹為葬身地；怎麼能讓潔白的名譽蒙受世俗塵埃的汙染呢？」

　　漁翁一臉微笑，高聲唱著：「遇到乾淨的河水，正好可以清洗我的帽帶；如果遇到的是汙濁的河水，也可以清洗我的雙腳。」然後就離開了，不再與屈原說話。

　　屈原忠貞愛國的個性不會因為被放逐而有所改變，還是對國家與百姓念念不忘，仍希望楚王有朝一日能醒悟而振興國家。明知道剛直的個性容易招來禍害，他仍然直言不諱；明知道一身的才幹可以受到別國國君的重用，他依然守著楚國，不願離去。

　　或許在許多人眼中，他的想法和作為太過堅持、不懂變通；但這就是他的人格與意志，這就是屈原啊！

當屈原的朋友

「這個兩千多年前的古人也太會抱怨了吧！」

「他怎麼這麼脆弱啊？」

讀完屈原的作品之後，你是不是會浮現這些疑問呢？或者你還想繼續問：「為什麼我非得讀屈原的滿腹牢騷呢？」

屈原是個認真而固執的人，堅持「做自己」，不想討好別人。即使被楚王放逐到邊疆，還過著貧病交加的生活，都不想因此而改變。其實他的個性很善良，總是有話直說，就是不想說謊傷害別人。他也充滿才華，才寫得出像〈離騷〉這樣浪漫又美麗的詩，詩裡都是他的真心話，可惜當時沒有人想聽。

像他這樣耿直的個性，讓所有人都急著為他乘著龍舟趕退魚蝦，讓詩人余光中都說：「江魚吞食了兩千多年，吞不下你的一根傲骨！」

如果他活在現代，可能也會被當成一個既叛逆又固執、還屢勸不聽的人，這樣的人看起來連接近都很難，又要怎麼當他的朋友呢？

別害怕！他的心柔軟纖細，個性善良正直。當屈原的朋友，他會告訴你什麼是好、什麼是壞，他知道誰說的是華麗的謊言，他會建議你聽一聽那些樸實的真心話。

當屈原的朋友，也許你會覺得他的實話不太好聽，可是你知道的，不好聽的實話其實代表著他的真誠與熱情。

準備好當屈原的朋友了嗎？除了感謝他帶來的粽子與龍舟，也不要忘記他的真心話喔！

我是大導演

看完了屈原的故事之後，
現在換你當導演。
請利用紅圈裡面的主題（端午），
參考白圈裡的例子（例如：粽子），
發揮你的聯想力，
在剩下的三個白圈中填入相關的詞語，
並利用這些詞語畫出一幅圖。

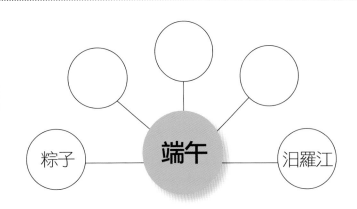

◎ 少年是人生開始的階段。因此，少年也是人生最適合閱讀經典的時候。

　　因為，這個時候讀經典，可以為將來的人生旅程準備豐厚的資糧。

　　因為，這個時候讀經典，可以用輕鬆的心情探索其中壯麗的天地。

◎ 【經典少年遊】，每一種書，都包括兩個部分：「繪本」和「讀本」。

　　繪本在前，是感性的、圖像的，透過動人的故事，來描述這本經典最核心的精神。

　　小學低年級的孩子，自己就可以閱讀。

　　讀本在後，是理性的、文字的，透過對原典的分析與說明，讓讀者掌握這本經典最珍貴的知識。

　　小學生可以自己閱讀，或者，也適合由家長陪讀，提供輔助說明。

001 詩經　最早的歌
Book of Odes:The Earliest Collection of Songs
原著／無名氏　原典改寫／唐香燕　故事／比方　繪圖／AU
聽！誰在唱著歌？「關關雎鳩，在河之洲，窈窕淑女，君子好逑。」這是兩千多年前的人民，他們辛苦工作、努力生活，把喜怒哀樂都唱進歌裡頭，也唱成了《詩經》。這是遙遠從前的人們，為自己唱的歌。

002 屈原　不媚俗的楚大夫
Ch'ü Yüan:The Noble Liegeman
原著／屈原　原典改寫／詹凱婷　故事／張瑜珊　繪圖／灰色獸
如果說真話會被討厭、還會被降職，誰還願意說出內心話？屈原卻仍然說：「是的，我願意。」屈原的認真固執，讓他被流放到遠方。他只能把自己的真心話寫成《楚辭》，表達心中的苦悶和難過。

003 古詩十九首　亂世的悲歡離合
Nineteen Ancient Poems:Poetry in Wartime
原著／無名氏　原典改寫／康逸藍　故事／張瑜珊　繪圖／吳孟芸
蕭統喜歡文學，喜歡蒐集優美的作品。這些作品是「古詩十九首」，不知道作者是誰，也無法確定究竟來自於何時。當蕭統遇見「古詩十九首」，他看見離別的人，看見思念的人，還看見等待的人。

004 樂府詩集　說故事的民歌手
Yuefu Poetry:Tales that Sing
編者／郭茂倩　原典改寫／劉湘湄　故事／比方　繪圖／崗先生
《樂府詩集》是古老的民歌，唱著花木蘭代父從軍的勇敢，唱出了採蓮遊玩的好時光。如果不是郭茂倩四處蒐集，將五千多首詩整理成一百卷，我們今天怎麼有機會感受到這些民歌背後每一則動人的故事？

005 陶淵明　田園詩人
T'ao Yüan-ming:The Pastoral Poet
原著／陶淵明　原典改寫／唐香燕　故事／鄧芳喬　繪圖／黃雅玲
陶淵明不喜歡當官，不想為五斗米折腰。他最喜歡的生活就是早上出門耕作，空閒的時候看書寫詩，跟朋友喝點酒，開心就大睡一場。閱讀陶淵明的詩，我們也能一同享受關於他的，最美好的生活。

006 李白　長安有個醉詩仙
Li Po:The Drunken Poet
原著／李白　原典改寫／唐香燕　故事／比方　繪圖／謝祖華
要怎麼稱呼李白？是詩仙，還是酒仙？是浪漫的劍客，還是頑皮的大孩子？寫詩是他最出眾的才華，酒與月亮是他的最愛。李白總說著「人生得意須盡歡」，還說「欲上青天攬明月」，那就是他的任性、浪漫與自由。

007 杜甫　憂國的詩聖
Tu Fu:The Poet Sage
原著／杜甫　原典改寫／周姚萍　故事／鄧芳喬　繪圖／王若齊
為什麼詩人杜甫這麼不開心？因為當時的唐朝漸漸破敗，又是戰爭，又是饑荒，杜甫看著百姓失去親人，流離失所。他像是來自唐朝的記者，為我們報導了太平時代之後的動亂，我們看見了小老百姓的真實生活。

008 柳宗元　曠野寄情的旅行者
Liu Tsung-yüan:The Travelling Poet
原著／柳宗元　原典改寫／岑澎維　故事／張瑜珊　繪圖／陳尚仁
柳宗元年輕的時候就擁有好多夢想，等待實現。幾年之後，他卻被貶到遙遠的南方。他很失落，卻沒有失去對生活的希望。他走進永州的山水，聽樹林間的鳥叫聲，看湖面上的落雪，記錄南方的風景和生活。

◎ 【經典少年遊】，我們先出版一百種中國經典，共分八個主題系列：
詩詞曲、思想與哲學、小說與故事、人物傳記、歷史、探險與地理、生活與素養、科技。
每一個主題系列，都按時間順序來選擇代表性的經典書種。

◎ 每一個主題系列，我們都邀請相關的專家學者擔任編輯顧問，提供從選題到內容的建議與指導。
我們希望：孩子讀完一個系列，可以掌握這個主題的完整體系。讀完八個不同主題的系列，
可以不但對中國文化有多面向的認識，更可以體會跨界閱讀的樂趣，享受知識跨界激盪的樂趣。

◎ 如果說，歷史累積下來的經典形成了壯麗的山河，那麼【經典少年遊】就是希望我們每個人
都趁著年少，探索四面八方，拓展眼界，體會山河之美，建構自己的知識體系。
少年需要遊經典。
經典需要少年遊。

009 李商隱　情聖詩人
Li Shang-yin:Poet of Love
原著／李商隱　原典改寫／唐香燕　故事／張瓊文　繪圖／馬樂原

「春蠶到死絲方盡，蠟炬成灰淚始乾。」這是李商隱最出名的情詩。他在山上遇見一個美麗宮女，不僅為她寫詩，還用最溫柔的文字說出他的想念。雖然無法在一起，可是他的詩已經成為最美麗的信物。

010 李後主　思鄉的皇帝
Li Yü:Emperor in Exile
原著／李煜　原典改寫／劉思源　故事／比方　繪圖／查理宛豬

李後主是最有才華的皇帝，也是命運悲慘的皇帝。他的天真善良，讓他當不成一個好君主，卻成為我們心中最溫柔善感的詞人，也總是讓我們跟著他嘆息：「問君能有幾多愁，恰似一江春水向東流。」

011 蘇軾　曠達的文豪
Su Shih:The Incorrigible Optimist
原著／蘇軾　原典改寫／劉思源　故事／張瑜珊　繪圖／桑德

誰能精通書畫，寫詩詞又寫散文？誰不怕挫折，幽默頑皮面對每一次困境？他就是蘇軾。透過他的作品，我們看到的不僅是身為「唐宋八大家」的出色文采，更令人驚嘆的是他處處皆驚喜與享受的生活態度。

012 李清照　中國第一女詞人
Li Ch'ing-chao:The Preeminent Poetess of China
原著／李清照　原典改寫／劉思源　故事／鄧芳喬　繪圖／蘇力卡

李清照與丈夫趙明誠雖然不太富有，卻用盡所有的錢搜集古字畫，帶回家細細品味。只是戰爭發生，丈夫過世，李清照像落葉一樣飄零，所有的難過，都只能化成文字，寫下一句「簾捲西風，人比黃花瘦」。

013 辛棄疾　豪放的英雄詞人
Hsin Ch'i-chi:The Passionate Patriot
原著／辛棄疾　原典改寫／岑澎維　故事／張瑜珊　繪圖／陳柏龍

辛棄疾，宋代的愛國詞人。收回被金人佔去的領土，是他的夢想。他把這個夢想寫進詞裡，成為豪放派詞人的代表。看他的故事，我們可以感受「氣吞萬里如虎」的氣勢，也能體會「卻道天涼好箇秋」的自得。

014 姜夔　愛詠梅的音樂家
Jiang K'uei:Plum Blossom Musician
原著／姜夔　原典改寫／嚴淑女　故事／張瓊文　繪圖／57

姜夔是南宋詞人，同時也是音樂家，不僅自己譜曲，還留下古代的樂譜，將古老的旋律流傳到後世。他的文字優雅，正如同他敏感細膩的心思。他的創作，讓我們理解了萬物的有情與奧妙。

015 馬致遠　歸隱的曲狀元
Ma Chih-yüan:The Carefree Playwright
原著／馬致遠　原典改寫／岑澎維　故事／張瓊文　繪圖／簡漢平

「枯藤老樹昏鴉，小橋流水平沙」，是元曲家馬致遠最出名的作品，他被推崇為「曲狀元」。由於仕途不順，辭官回家。這樣曠達的思想，讓馬致遠的作品展現豪氣，被推崇為元代散曲「豪放派」的代表。

經典
少年遊

youth.classicsnow.net

002
屈原 不媚俗的楚大夫
Ch'ü Yüan
The Noble Liegeman

編輯顧問（姓名筆劃序）

王安憶　王汎森　江曉原　李歐梵　郝譽翔　陳平原
張隆溪　張臨生　葉嘉瑩　葛兆光　葛劍雄　鄭培凱

原著：屈原
原典改寫：詹凱婷
故事：張瑜珊
封面繪圖：灰色獸　林餘慶
內頁繪圖：灰色獸

主編：冼懿穎
編輯：張瑜珊　張瓊文　鄧芳喬
美術設計：張士勇　倪孟慧
校對：呂佳真

企畫：網路與書股份有限公司
出版者：大塊文化出版股份有限公司
台北市10550南京東路四段25號11樓
www.locuspublishing.com
讀者服務專線：0800-006689
TEL：+886-2-87123898
FAX：+886-2-87123897
郵撥帳號：18955675
戶名：大塊文化出版股份有限公司
法律顧問：全理法律事務所董安丹律師

總經銷：大和書報圖書股份有限公司
地址：新北市新莊區五工五路2號
TEL：+886-2-8990-2588
FAX：+886-2-2290-1658
製版：瑞豐實業股份有限公司

初版一刷：2012年8月
定價：新台幣299元